放肆詩社
截句選

於淑雯　主編

【總序】
不忘初心

李瑞騰

　　詩社是一些寫詩的人集結成為一個團體。「一些」是多少？沒有一個地方有規範；寫詩的人簡稱「詩人」，沒有證照，當然更不是一種職業；集結是一個什麼樣的概念？通常是有人起心動念，時機成熟就發起了，找一些朋友來參加，他們之間或有情誼，也可能理念相近，可以互相切磋詩藝，有時聚會聊天，東家長西家短的，然後他們可能會想辦一份詩刊，作為公共平台，發表詩或者關於詩的意見，也開放給非社員投稿；看不順眼，或聽不下去，就可能論爭，有單挑，有打群架，總之熱鬧滾滾。

　　作為一個團體，詩社可能會有組織章程、同仁公

約等，但也可能什麼都沒有，很多事說說也就決定了。因此就有人說，這是剛性的，那是柔性的；依我看，詩人的團體，都是柔性的，當然程度是會有所差別的。

「台灣詩學季刊雜誌社」看起來是「雜誌社」，但其實是「詩社」，一開始辦了一個詩刊《台灣詩學季刊》（出了四十期），後來多發展出《吹鼓吹詩論壇》，原來的那個季刊就轉型成《台灣詩學學刊》。我曾說，這一社兩刊的形態，在台灣是沒有過的；這幾年，又致力於圖書出版，包括吹鼓吹詩叢、同仁詩集、選集、截句系列、詩論叢等，迄今已出版超過一百本了。

根據彙整的資料，2019年共有12本書（未含蘇紹連主編的3本吹鼓吹詩叢）出版：

一、截句詩系

王仲煌主編／《千島詩社截句選》

於淑雯主編／《放肆詩社截句選》

卡夫、寧靜海主編╱《淘氣書寫與帥氣閱讀：截句解讀一百篇》

白靈主編╱《不枯萎的鐘聲：2019臉書截句選》

二、台灣詩學同仁詩叢

離畢華詩集╱《春泥半分花半分》（台灣新俳壹百句）

朱天詩集╱《沼澤風》

王婷詩集╱《帶著線條旅行》

曾美玲詩集╱《未來狂想曲》

三、台灣詩學詩論叢

林秀赫╱《巨靈：百年新詩形式的生成與建構》

余境熹╱《卡夫城堡——「誤讀」的詩學》

蕭蕭、曾秀鳳主編╱《截句課》（明道博士班生集稿）

白靈╱《水過無痕詩知道》

　　截句推行幾年，已往境外擴展，往更年輕的世代扎根了，選本增多，解讀、論述不斷加強，去年和東吳大學中文系合辦的「現代截句詩學研討會」（發表兩場主題演講、十六篇論文），其中有四篇論文以「截句專輯」刊於《台灣詩學學刊》33期（2019年5月）。它本不被看好，但從創作到論述，已累積豐厚的成果，「截句學」已是台灣現代詩學的顯學，殆無可疑慮。

　　「台灣詩學詩論叢」前面二輯皆同仁之作，今年四本，除白靈《水過無痕詩知道》外，蕭蕭《截句課》是編的，作者群是他在明道大學教的博士生們，余境熹和林秀赫（許舜傑／2017年臺灣詩學研究獎得主）都非同仁。

　　至於這一次新企劃的「同仁詩叢」，主要是想取代以前的書系，讓同仁更有歸屬感；值得一提的是，白靈建議我各以十問來讓作者回答，以幫助讀者更清楚更深刻認識詩人，我覺得頗有意義，就試著做了，希望真能有所助益。

　　詩之為藝，語言是關鍵，從里巷歌謠之俚俗與迴環復沓，到講究聲律的「欲使宮羽相變，低昂互節，若前有浮聲，則後須切響」（《宋書・謝靈運傳論》），這是寫詩人自己的素養和能力；一旦集結成社，團隊的力量就必須出來，至於把力量放在哪裡？怎麼去運作？共識很重要，那正是集體的智慧。

　　台灣詩學季刊社將不忘初心，在應行可行之事上面，全力以赴。

【代序】
女力「放肆」剪影

白靈

　　詩有時是生活經驗的篩撿、反思，有時是想像的悠遊、放縱，隨時準備任性地潛入茫茫如大海的字詞中，尋找符合規則但經常不符規則而得予以重組的隻言片語。內心那種四處奔突的狀態很類似受困，卻又有以至小搏至大的期待，所謂「一蜂至微，亦能遊觀乎天地；一蝦至微，亦能放肆乎大海」（《關尹子》），指世間再微小生物也有其「能動性」，何況人更具有短暫不受拘束、竄天入地思索乃至想入非非的能力？於是進入詩創作的狀態時，遂有了既困頓又能「內在自我放肆」的兩極感受。

　　「放肆」二字常是一個貶義詞，指言語和舉動

的輕率任意。但古代「肆」字的本義是擺設及陳列，如《周禮》說「王崩，大肆以秬鬯涊（秬，音巨／黑黍；鬯，音暢／香酒；涊，音彌／清洗屍身）」，意思是王駕崩之後，祭師要「大肆」，將其屍身陳列出來，以黑黍和鬱金香釀的香酒清洗君王之屍身。此後「肆」即有陳屍示眾於市之意，如犯人「肆之三日」，即曝屍示眾三天，於是「放肆」二字遂有棄市的衍義。到後來，對長輩過分囂張，即直指「放肆」，有如欲殺之棄市的斥責、威脅之意。

　　而詩既是生活沉潛所得，以「放肆」二字視之或無不可。對內而言，是將各種經驗、想像、思索的，在內心縱之任之，不受約束地「遊觀乎天地，放肆乎大海」，自由任性馳騁。對外來說，一旦以有限的詩的文字發表，即有將部份之我、昨日之我、不堪之我「曝晒示眾」的味道。前者相當於「放」字，後者堪比古義的「肆」（有意味的擺設或陳列）字了。

　　放肆詩社正是由2005年出版的《放肆集》而來，此《放肆集》收入新店崇光社區大學的「生活寫作

班」白靈等師生的詩作品，由許春風主編。此後此非公開社團又陸續出版了《記憶微潤的山城：金瓜石・詩的幻燈片》（2007）、《被黑潮撞響的島嶼：綠島詩・畫・攝影集》（2011）、《記憶微潤的山城2：九份・詩・攝影集》（2013）等三本詩攝影集。

　　由於起初出版者掛的是許春風私人工作坊的「放肆工作室」，此後連出的三書由收稿到編纂到美工設計和出版，也都由她一人操刀和操心，故於這兩年在fb上成立非公開的「放肆詩社」，也就順理成章承繼此「放肆」二字而來了。

　　此詩社由年資一年到二十年不等的輕齡和熟齡學員組成，流動性不是太大，基本上都維持在二十餘人，百分之九十皆為女性。時隔六年，2019年底才再出版的這本《放肆詩社截句選》（於淑雯主編），收23人詩作品及其攝影，有21位是女性。

　　此回男性仍是少數，這已是今日各地成長性社團極普遍的現象，似也預見了女力的「放肆」，已是未來文化界最顯而易見的大趨勢了。但這些龐大的「女

力」卻又是隱而未顯的，寫了純是樂趣，有寫就好，不熱衷發表，無視於名、漠然於利，幾乎男性所追逐的她們都一笑置之，視如無物。而仍能成書，同樂互動的情誼要占很大的成分。

　　然而女力們是自成王國的，世界只是被放縱的雲朵在地面暫時的投影。文學是她們奔跑時手中把玩的風箏，偶然擦撞到天際的什麼，發出什麼悅耳聲響，那就是詩了。而截句是她們近年裙襬掃過心之湖邊，暫映身影之處，從不以為其中有什麼永恆的剪影。而這就是這本詩攝影集，偶能成型出版的原因了。

【主編序】
蟬鳴之後

於淑雯

　　爆裂的蟬鳴剛炸翻整個夏季，不過才稍稍歇息，沒想涼風竟帶著秋意來做蠢動的試探。就是這樣，光陰不會理睬我們生活中遭遇何種悲歡苦樂，便自顧自地往前推去。

　　時光確實無法折返，攜著大家在一成不變裡老去，因此，任何周圍與你相干的人事物，便可能是賦予「時光」意義的依據。

　　可是，發現要面對的這個時代充斥無助、荒誕、可笑與悲悽；或是辛苦和艱難不斷來叩門，於是練習用閱讀來抵抗挫折，用寫作來堅持微笑，將日子過得盡心、盡興、盡性，再以各方滋味調配成獨家料理，緩緩

端出自己的故事、自己的詩。

　　那就把寫詩當做冒險犯難或是尋幽探險的旅程，你在某個瞬間，想要坐實心裡的感受，於是找出當下遇見的那個字，然後將它們挪一挪、靠一靠，甲字挨著乙字，兩個字貼著做了鄰居，再多幾個字養成句子，便拉出一串巷弄，繁衍下去，造出家園，建成鄉里，慢慢築起自己的文字天地了。

　　3年、5年或10年之後，我們會在何處望向同一個星空，已然不是此刻重點，因為每個人都有專屬的尋常小日子，雖無法預測未來走向，無法掌握任何結果，但文字已含情脈脈記下眼裡所見，內心所映，在生命刮痕處，畫出別有況味的風景，堆疊一生的厚度。

　　法國哲學家加斯東・巴舍拉在《空間詩學》的〈微型〉篇章中說：「如果為了進入想像裡的地域，我們必然要跨越荒謬世界的門檻。」又說「極小的事物，無異於狹窄的大門，開啟整個世界。一件事物的細節可以是一個新世界的信號，這個世界就像所有的世界一樣，含著巨大感的質素。」

　　是的，這本「截句選」便是在白靈老師指導下，同學們對「微」與「小」的初初體驗與創作。大家窮盡想像力，打破慣常思考模式，在生活處處摸索觀察，隨時抓緊「乍現」的靈光，從腦海補撈得來不易的一字一句，再祈禱自己是功夫高強的馴獸師，能把每個字馴服在最適切的位置。

　　現在，大家或恭謹或愉悅或惶恐地寫出心中可能已演過一次又一次幸福滿足、孤單寂寞，悲憤氣餒的情緒，最終將詩集攤出千姿百態，且靜待你坐進詩的懷裡，找一找屬於自己的那首詩。

目　次

【總序】不忘初心／李瑞騰　　　　　　　003

【代序】女力「放肆」剪影／白靈　　　　008

【主編序】蟬鳴之後／於淑雯　　　　　　012

一│白靈截句

1.櫻花是一朵朵散掉的鐘聲
　　──「誰能製作一口鐘，敲回已逝的時光？」
　　　（狄更斯）　　　　　　　　　　　027
2.成吉思汗──鄂爾多斯所見　　　　　　029
3.木魚之惑　　　　　　　　　　　　　　030
4.每個詞都作著一首詩的夢　　　　　　　031

二│張燦文截句

1.首夜　　　　　　　　　　　　　　　　035
2.眼睛　　　　　　　　　　　　　　　　037
3.接吻　　　　　　　　　　　　　　　　039

4.海妻　　　　　　　　　　041

5.泡茶　　　　　　　　　　043

6.一夜情　　　　　　　　　044

三 | 林翠蘭截句

1.西域　　　　　　　　　　047

2.空椅　　　　　　　　　　049

3.旅行　　　　　　　　　　051

4.哲學　　　　　　　　　　053

5.上岸之後　　　　　　　　055

6.看不見　　　　　　　　　056

四 | 林玉芬截句

1.阿嬤ㄟ形影　　　　　　　059

2.墾殖一畝春天　　　　　　061

3.色即是空　　　　　　　　063

4.符號，是寄宿在窗牖上的線索　065

5.紅塵中的日常　　　　　　067

6.看守暗巷的那燈的祕密　　069

五｜劉其唐截句

1.觀　　　　　　　　　　　073

2.凋零的眷村　　　　　　　075

3.演　　　　　　　　　　　077

4.旅程　　　　　　　　　　079

5.冥想　　　　　　　　　　081

6.獨白　　　　　　　　　　083

六｜林靜端截句

1.美人　　　　　　　　　　087

2.三二一　　　　　　　　　089

3.思念　　　　　　　　　　091

4.相約　牡丹亭　　　　　　093

5.魯凱風華　　　　　　　　095

6.臉紅　　　　　　　　　　097

七｜於淑雯截句

1.洞見　　　　　　　　　　101

2.枯荷　　　　　　　　　　103

3.圓　　　　　　　　　　　　　　105

4.無題　　　　　　　　　　　　　107

5.稻草人　　　　　　　　　　　109

6.七月黃昏　　　　　　　　　　111

八｜**蕭淑芬截句**

1.歲月　　　　　　　　　　　　115

2.史蹟之旅　　　　　　　　　　117

3.摯愛　　　　　　　　　　　　119

4.軍魂　　　　　　　　　　　　121

5.遊輪　　　　　　　　　　　　123

九｜**季三截句**

1.失眠　　　　　　　　　　　　127

2.逝　　　　　　　　　　　　　129

3.想和你做朋友　　　　　　　　131

4.密之道　　　　　　　　　　　133

5.柿子軟了　　　　　　　　　　135

6.缺口　　　　　　　　　　　　136

十│蔡瑞真截句

1.雨的九份　　　　　138

2.漸層　　　　　139

3.取靜　　　　　141

4.閱兵　　　　　143

5.縫　　　　　145

6.穌木谷的夜　　　　　146

十一│邢小白截句

1.突然　　　　　149

2.礦坑　　　　　151

3.牆　　　　　153

4.體驗山林　　　　　154

十二│費工慈截句

1.鏡花水月　　　　　157

2.入鏡　　　　　159

3.夢想能成真嗎　　　　　161

4.死海古卷　　　　　163

5.石窟壁畫　　　　　　　　　　165

6.放　　　　　　　　　　　　　167

十三｜王育嘉截句

1.怎是春天愛撩撥？　　　　　171

2.黃色玫瑰　　　　　　　　　173

3.光　　　　　　　　　　　　175

4.夏日隨想　　　　　　　　　177

5.夕陽　　　　　　　　　　　179

6.圍牆上的街貓　　　　　　　181

十四｜林芫芬截句

1.昂首　　　　　　　　　　　185

2.石筍感懷　　　　　　　　　187

3.奔向彩虹　　　　　　　　　189

4.無盡地等　　　　　　　　　191

十五｜梁迺榮截句

1.床墊　　　　　　　　　　　195

2.筷樂　　　　　　　　　　　　196

3.泡茶　　　　　　　　　　　　197

4.衣櫥內的風暴──側寫時政　　198

5.賞櫻遊蹤　　　　　　　　　　199

十六│林秀珠截句

1.互　　　　　　　　　　　　　203

2.特約茶室　　　　　　　　　　205

3.闊　　　　　　　　　　　　　207

4.普悠瑪事故現場　　　　　　　208

5.忘　　　　　　　　　　　　　209

十七│西馬諾截句

1.流逝如斯，自編自導無中
　浮現一場靜態畫布　我亦緘默如斯。　213

2.你我在同一的大海上　在同一的時間內
　目光情不自禁伸出手臂。　215

3.時間穿過躑躅的冰冷。修剪一切跌落的陰影
　掩飾一個無限的平靜。　217

4.走著，穿過詩的時間穿過瞭解和未知的一切
　語言像群羊爬上山崗
　我為你有意留下的部分。　　　　　　　　219

5.海浪一個角折了起來，反覆湧來缺陷的波浪，
　仿製的月光深埋於髮間的殘局。　　　　　221

6.早晨一言不發，我也沒醒。　　　　　　　222

十八｜李佳靜截句

1.空白　　　　　　　　　　　　　　　　　224

2.景──悼詩人洛夫　　　　　　　　　　　225

3.東坡茶苑　　　　　　　　　　　　　　　227

4.茶湯裡的星光　　　　　　　　　　　　　229

5.腎蕨　　　　　　　　　　　　　　　　　230

十九｜周秀美截句

1.玻璃屋裡的貓　　　　　　　　　　　　　233

2.小枯葉的最後狂歡　　　　　　　　　　　234

3.演化的最高智慧　　　　　　　　　　　　235

4.虛　　　　　　　　　　　　　　　　　　236

二十｜瑪蘭截句

1.離　　　　　　　　　　　239

2.殘垣斷壁　　　　　　　　241

3.無解　　　　　　　　　　243

二一｜高逸雯截句

1.靜　　　　　　　　　　　247

2.當咖啡變成莊園　　　　　249

3.該死的記憶力　　　　　　250

二二｜王欣禹截句

1.落葉　　　　　　　　　　253

2.羊湖　　　　　　　　　　255

3.洗滌　　　　　　　　　　257

4.嫉妒　　　　　　　　　　259

5.無題　　　　　　　　　　260

☰｜安娜截句

1.暮　　　　　　　　　　　　　262

2.鞭　　　　　　　　　　　　　263

3.惑　　　　　　　　　　　　　265

4.又見逸竹　　　　　　　　　　267

5.葬　　　　　　　　　　　　　269

白靈截句

1.櫻花是一朵朵散掉的鐘聲
──「誰能製作一口鐘，敲回已逝的時光？」
（狄更斯）

花大多枯萎在樹上

櫻較乾脆，你聽它一朵

一朵跳下，重擊地球臉皮

每一朵都是緩慢枯萎的鐘聲

2.成吉思汗
──鄂爾多斯所見

劍尖指前，唯他戰馬是奔馳的劍光
百萬鐵蹄刺繡草原為一部血史
衝進時間大漠仍頹然跪倒成齏粉

你拾起的每粒沙都嘶鳴著一匹　　馬

3.木魚之惑

舉起木槌的手停在半空中
木魚與我對視，疑惑著

宛如透視出彼此內在的空洞
早已敲過的兩聲篤篤還在遠方飄

4.每個詞都作著一首詩的夢

每座山都作著一朵雲的夢
每朵雲都作著一條河的夢
每條河都作著一座海的夢

沙灘上浪花吐出一排山　河的夢

張燦文截句

1.首夜

圖：許春風

每從夜空翻開詩篇

她始終是第一頁詩句

2.眼睛

圖：許春風

閃在她月眉下　一對會唱歌的星子
白白的全音符加上黑黑的休止符

3.接吻

圖：許春風

任愛情在唇間拔罐
令人滿身氣血活絡

4.海妻

圖：許春風

忍住了五十年不流出淚水

她的心必是個深海　任浪花揮毫

5.泡茶

圖：許春風

沐浴在滾熱的情懷裡
把折疊的心事層層展開

6.一夜情

清晨
輕輕地打開落地窗
讓那被我摟著
睡了一宿的夜　離去

林翠蘭截句

1.西域

當歷史彎下腰

聽見張騫的嘆息聲

滴在戈壁裡

荒涼了一座沙漠

2.空椅

望著南飛的候鳥
叼走一枚海誓和許多山盟
在喋喋不休的濤聲裡

椅子不空　坐進遠方

3.旅行

收藏一街的風景

行囊很重

熄燈　把今日還給昨日

行囊很輕

4.哲學

推門
無　填滿屋子
寂　靜成家具

5.上岸之後

關掉海的濤聲
囚泳於擁擠新家
帶著潮水湧入　掌聲
我是池中之鷹

6.看不見

我沿著夢尋你的背影
怎麼？無聲　無語

鐘聲滴答　滴
濺濕母親遠行的腳印

林玉芬截句

1.阿嬤ㄟ形影

置阮出世ㄟ祖厝ㄟ

灶腳，有阿嬤

用彼口大鑼，炒著歸家伙啊

鬧熱滾滾ㄟ形影

2.墾殖一畝春天

鋤頭為求一季的綠
磕響了一畝田地

硬脾氣的土壤被逗笑了
農夫摻進土裡的心　也鬆了

3.色即是空

黃昏，讓夕陽穿脫的
只是一件件　幻影

夜懂得，所以披上了黑

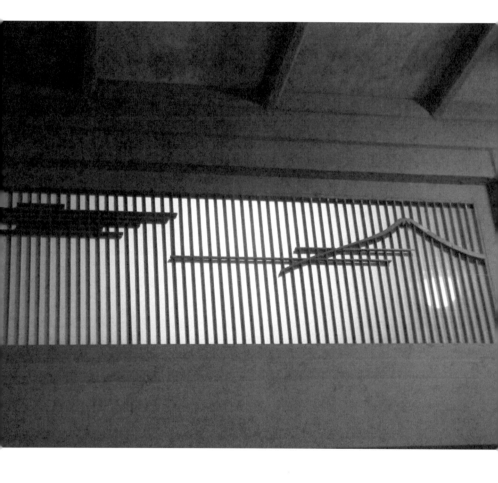

4.符號，是寄宿在窗牖上的線索

帶不走家鄉的月
只好帶走窗外那一座山

將思念一起打包
並用符號牢牢綑綁

5.紅塵中的日常

褪去了風塵僕僕
她包裹著夜
躲避光的監視

曙光，又為她穿上僕僕風塵

6.看守暗巷的那燈的祕密

等待夜歸的高跟鞋
以尖銳的唇
發出急促的呻吟

那是老路燈最興奮的時刻

劉其唐截句

1.觀

對你的疑惑漸漸熄滅

讓那道光靠岸，浮動的心擱淺

當下一滴眼淚

滴落前，與自己合好

2.凋零的眷村

當我回到出生地
圍牆趕走了竹籬笆
野薑花哭泣沒有自己的家
逗留在鼻間上的童年　揮之不去

3.演

影追著　幻，模糊了視線
虛　推擠實，找尋一道可能的光芒

癡　橫哽在胸，獨領風騷

4.旅程

人生是一連串的
問號／驚嘆號／破折號／省略號
最終回到原點
劃上。

5.冥想

聽　　花開的聲音
魔鏡忙著搬弄是非
端坐的小孩淡淡一笑
可以出鏡，又入鏡

6.獨白

這是誰的呼喚？

酌一壺酒　趁夜撒野

是竊笑昨日癡，還是明日將是一道彩虹

時間不再是生命的度量衡

林靜端截句

1.美人

圖：peter tsai

微醺的桌燈
將等待
洗滌成一座雕像
還含著笑

2.三二一

月亮矇著眼睛
喊三…二…
星星流竄成銀河
一片

3.思念

我等待成一張椅子

街燈坐下

嘆了一聲氣

於是　你的身影再也藏不住

4.相約　牡丹亭

乘著晚風　扶著楊柳

我們來看戲

穿過元朝　明朝　清朝……還有高樓林立的台中歌劇院

走進　我們的牡丹亭

5.魯凱風華

硫璃珠在慶典中
獻上繽紛的黃紅橘
珍珠透出百合清香
而銅鈴，正專注山豬動靜

6.臉紅

夕陽跳進湖中
洗澡
天空不知所措
紅了臉

於淑雯截句

1.洞見

破敗是重生的脈絡
那碎光隱隱搖出起心動念
且等候來世另一次羈絆

原來啃噬可以成就荒蕪之美

2.枯荷

那年雨中轉身，裙擺悄落舊塘
枯草爛泥掩不住來年蠢動
就等夏天一聲令下

你從時間之河泅泳而來

3.圓

圖：王欣禹

相思如線　橫成長長直徑
讓兩端張著眼睛相望寂寞
我遂在圓周邊上拉著軸線奔跑起來

愛情在圓心撲朔迷離

4.無題

彼岸有青春未讀　且併肩凝視
露珠滾出清晨　山嵐以暮色更衣

終於懂了　讀你
是寫詩的答案

5.稻草人

遠看，你的衣袖有風穿梭
雙手直直，誇張得像神話

以孤獨的十字姿態沉默
任肩上麻雀在耳邊磨磨蹭蹭

6.七月黃昏

雲閉著眼在山谷徘徊
濃霧以慵懶之姿游動
群樹緩緩在其間寫詩
整座山突然喊了　冷

放肆詩社 截句選

蕭淑芬截句

1.歲月

日子的滾動
複製著時光
餘輝正撒在
堆積的落葉上

2.史蹟之旅

昨日在前

明日在後

今日在朝拜的

路途中

3.摯愛

一片雲　一畦田
請不要
飛離
我的摯愛

4.軍魂

在深夜流彈裡飛奔
背負著護國承命
紅燄突擊吞蝕了你
思念也溢出了吋土

5.遊輪

岸邊的霓虹
向我眨眼
一筆筆上色
大船進港了

放肆詩社 截句選

季三截句

1.失眠

光和影來回走動

葉子說：側睡　趴睡　仰睡　我都試過了

請你們別再淘氣

風說：是你放不開豆大的煩

2.逝

拄著消瘦的生命

兩手牽住左右

母親安靜地陪在兒子身邊

心疼的牆　簌簌流下斑駁的淚

3.想和你做朋友

海濤，你不要打到我的鰭
我正要潛入你心底
撞碎你心中的石頭
拼一條活魚

4.密之道

陽光哼唱小徑的歌

風來　雲往

喧鬧地編織一束束光影

我背著嚮往　走入荒蕪的籃

5.柿子軟了

透熟的飽滿　要我再
靜觀紅塵的黑記

天地一陣旋轉　跌坐
一片靜好

6.缺口

一腳踩空光陰

來啊！
窺一齣寂寞之旅

蔡瑞真截句

1.雨的九份

風的苦　　攪拌雨的悲
陰陽海溼溼地
數著九份階梯的過往

淚的夢

2.漸層

搭著雲　遊
期待著能跟輕安　勾肩
也能跟自在搭背

漸層的心事平鋪著

3.取靜

沒下棋人　沒觀棋人
當然也不見
真君子

四周紛擾　只有這裡最靜

4.閱兵

儀隊隊長站得直挺挺地耍花槍
整齊的花隊伍向閱兵台長官行禮

春的小號隨之響起

5.縫

將你說的話縫進一個個花苞裡

讓茂盛的美美花樹陪著我過冬

6.穌木谷的夜

曇花等打板通知登場
月光急著幫葉片上色
真假螢火蟲在樹間捉迷藏
我的眼睛也跟著忙

邢小白截句

1.突然

一步一步　　往前走

說好不倒　　卻倒了

撲倒了綻放前的

笑靨

2.礦坑

金的絲線栓不了靈魂
忠誠的契約綁不住男人
點點螢火
照不亮回家的路

3.牆

向退休的燭光敬禮

陪流明一起上哨
立正

4.體驗山林

蜘蛛網住童年
蜈蚣不只三腳

涼風穿透時光
說著最祕密的真實

費工慈截句

1.鏡花水月

摺起天空
拎著笑的風
一步踩碎

相望的江湖

2.入鏡

多瑙河
蜿蜒三千里
只為過境
你的眼眸

3.夢想能成真嗎

牽著　一寸寸長高的時光
遊牧在願望盛開的草原

能否　橫渡
是春風　吹不盡的問號

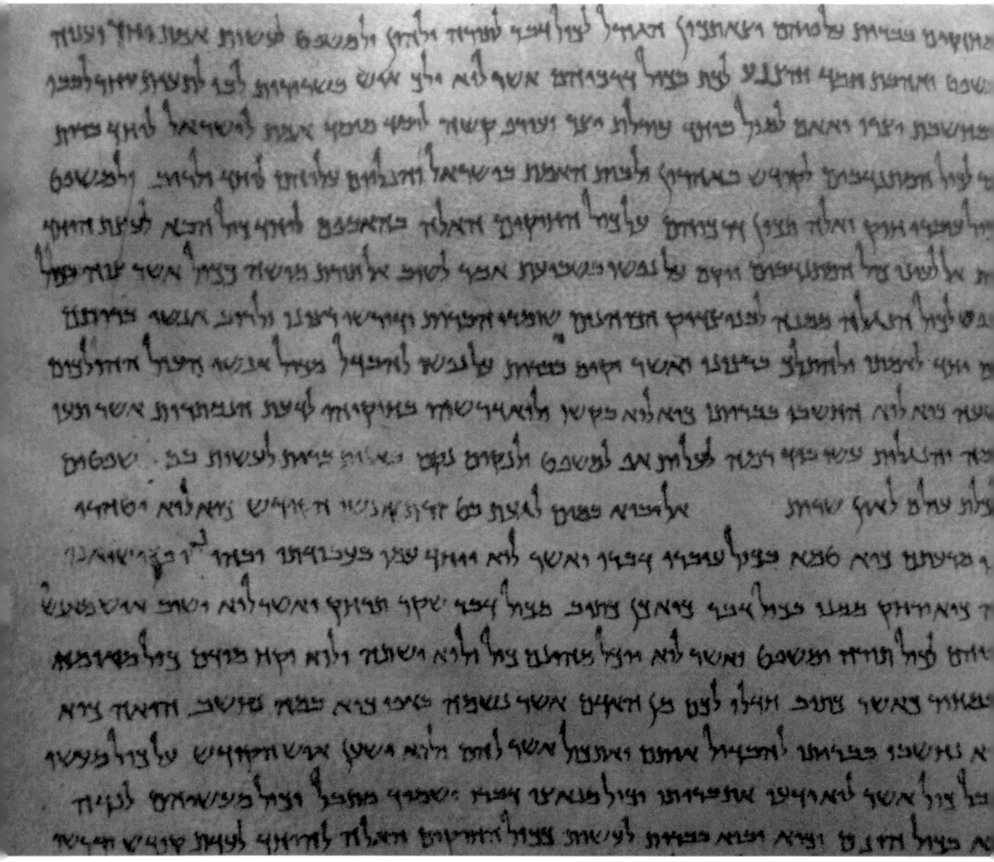

4.死海古卷

漂泊的字母

將沉甸甸的故鄉

收進行囊

不願風沙　荒涼了歸期

5.石窟壁畫

佇立　灰與塵的間隙
你的顏色
飛過光陰

款待從不停止的流連

6.放

鐘聲　拴不住
我的千頭萬緒

只得隨它
奔向藍天

王育嘉截句

十三

1.怎是春天愛撩撥？

路上撿拾了幾枝殘冬，隨意擺弄一如
生活。隔日春色竟睜開了眼睛
地平線上微塵騷動，整座山林
漫過耳邊。莫非心就是水就是風

2.黃色玫瑰

你是清冷古井映照的花火
是寂寂白牆上戀人的耳語

僅僅是一道流光，就將心事一盞
一盞地燎成一座花園

3.光

等待光，如同等候一窗心跳

在最靜的深處

一個回眸

亮醒一座花園

4.夏日隨想

蟬鳴織起思念的網
空洞著遠方

撿起無聲落下的舊日子
住進書裡，隨時翻閱

5.夕陽

如果只是一團火

為何無稜無角不灼不傷融化眾心？

若然不是火

何須一個夢的距離進不了你？

6.圍牆上的街貓

穿著黃昏的羽衣
你以一座海的距離
將來往奔忙的寂寞
收進眼角的摺痕裡

林芫芬截句

1.昂首

穿入人車佺傯的大都會間隙

乍見自身何其渺小

可我胸中藏鴻鵠

昂首飛出　就是晴空片片

2.石筍感懷

看！　就是這水滴
亙古以來綿綿的愛戀
雕塑　我今日姣好容顏
珍愛　他恆久不變的滴答

3.奔向彩虹

撐一把傘
決意奔向彩虹
構築自己的理想王國
那兒匯聚所有美好嚮往

4.無盡地等

伙伴們被修復回起初的光鮮亮麗

唯獨我日夜撐起殘破身軀

烽火已經蒸發多年

主人　您何以蹤影全無？

梁迺榮截句

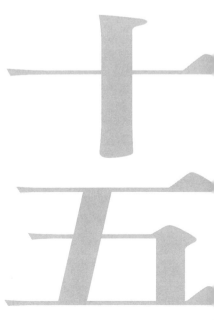

1.床墊

個性柔的　脾氣硬的
一生總有位置擺放

令豪傑販夫走卒全數臥倒
筋老皮皺了　終歸是過客

2.筷樂

挑肥揀瘦　挾持大江南北
粗茶淡飯照樣能操盤
熱油裡去沸湯裡來　不吭一聲
餵飽世代華人從不討賞

3.泡茶

一股熱流打通全身經脈
群葉舞一齣太極　供眼細品
陸羽的氣息輕盈穿越

微啄　送口鼻入禪境

4.衣櫥內的風暴
——側寫時政

春夏衣拼貼晴光　硬要放閃
秋冬裝擁棉絮自重　爭誰暖
新衣鑲破洞為前衛

櫥笑：夜空抽身，星辰在哪？

5.賞櫻遊蹤

憋急了　花粉噗哧一路笑開

震得雙眼滿溢胭脂

霞影斟上一蒼穹的愜意

舀一瓢閒情　供養日常

林秀珠截句

1.互

透亮稻禾

安定了　家

捲動的浮雲

追著山脊　沒入海洋

2.特約茶室

情慾出了柵門
如栓不住的野狼
她，安定了軍魂

女人啊！

3.闊

攝影：林崑泉

湖面　微亮著
懷入　飄泊的雲捲
乘著老鷹翅膀
戲遊太空

4.普悠瑪事故現場

砰！

時間靜止了

血　肉　橫　飛

5.忘

戰事已停歇
彈孔找不到回家的路
窩在牆懷裡笑

看恩怨走入歷史

西馬諾截句

1.流逝如斯，自編自導無中浮現一場靜態畫布　我亦緘默如斯。

天堂是延緩退回去時間

意蘊僅僅如此這般深長

安寧待在這裡抵擋住你一聲歎息

自有喧噪在一個時間四溢的陰影

2.你我在同一的大海上　在同一的時間內　目光情不自禁伸出手臂。

渴望，是現在式

發酵，是未來式

兩者漲漲落落

兼之是激情的進行式

3.時間穿過躑躅的冰冷。修剪一切跌落的陰影　掩飾一個無限的平靜。

如你記憶。

我想像著。安靜劃燃一處小小瘢結

時光，多像又回到枯瘦如柴的顏色

注視我。那安靜的空氣托起的過去

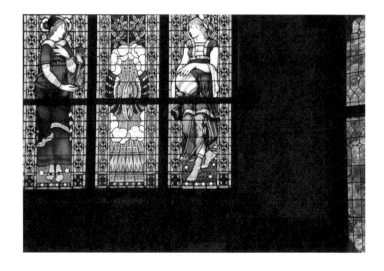

4.走著，穿過詩的時間穿過瞭解和未知的一切　語言像群羊爬上山崗　我為你有意留下的部分。

陰影中寫下它

鍾愛的氣息浮在面龐上

在過去，這些都是過去

在將來，現在已經開始

5.海浪一個角折了起來，反覆湧來缺陷的波浪，仿製的月光深埋於髮間的殘局。

晚夜有多寬，暗黑有多深

我製造聲音，你製造沉默

一陣陣的液體

現磨的，體溫加奶還是不加奶

6.早晨一言不發，我也沒醒。

雨季結束，相繼乾燥過去略含水分的影子。

李佳靜截句

1.空白

夢想啊！傾著倒著都是千頁的空白

2.景
——悼詩人洛夫

夕陽下，風如陶笛的咳嗽，冷漠的石頭也哭泣著

3.東坡茶苑

沏一壺
山光、水瀑、拂柳

茶湯笑我
不如一行蘇東坡

4.茶湯裡的星光

琥珀色的茶液裡
所煨出的星光
一明一滅，
在向睡神拋媚眼

5.腎蕨

春光，嚙咬出一抹新綠
蜷曲而瘦弱的絕句
在蠶豆狀的孢子囊裡，舒展

註：腎蕨又名羊齒蕨

周秀美截句

1.玻璃屋裡的貓

全身透明　翡翠眼珠
能隨磁力線探索人間
咦　如浮雲低垂狐狸背後
偷窺陰晴

2.小枯葉的最後狂歡

橫躺入土本是宿命
奇蹟牽引，踮起腳尖狂舞波麗露
邊繞邊唱　我是精靈
世界因我精彩

3.演化的最高智慧

善變的蘭花螳螂
虛擬的高手　色能隨境遷

似真亦假　蟲兒尋芳來授粉
她屏息伺候　鉤魂

4.虛

攬一室靜謐
釋所有的念
輕盈　虛無
不在象限上

瑪蘭截句

1.離

別在襟上的祝福
隨風散去
胸口空蕩蕩

青春拍打著搖槳

2.殘垣斷壁

殘敗身軀見證了曾經光榮的歷史
美好的一仗我打過了
等待後繼聲援的日子
一如鐵道不交集地往前不斷延伸

3.無解

任憑我比劃了飛鷹百式
仍激不起你僵硬的魂

高逸雯截句

1.靜

用一杯可可
握住忙裡偷閒的時光
把孩子的喧鬧
鎖進沉睡的被窩裡

2.當咖啡變成莊園

探索你的來歷
才發現我啜飲的香氣
是用汗水栽種的

紅寶石

3.該死的記憶力

今日一片矇矓
眼睛瞇的不能再瞇

便出門去了　把你遺忘
在轉角的那個桌上

王欣禹截句

1.落葉

有些滄桑有些孤寂
托著傷感的色調
有個聲音有個味道
想撩起我的往事

2.羊湖

藍　收納了昨夜雪
吐著神話氣息
焦渴的羚羊踏著幸福

亮起朵朵格桑花

3.洗滌

經幡渴望著風
悠遊靈魂　和我

還鑽入高原雪域
拾起　菩提聲

4.嫉妒

網住

搔首弄姿的白雲

剪下，藏進口袋

藍天偷偷地對我　笑

5.無題

下著雨
小蝸牛緩緩移動
孩童催促著

安娜截句

1.暮

天欲晚，夕陽猶自掙扎，遠方的炊煙高高低低

2.鞭

一位旅人
背包印著「遺忘」二字
情人送的一串相思子掛在上頭
一路鞭打著

3.惑

比你雙瞳更茫然的是
你孤獨的背影

為了探索你真的只是一隻貓
秋陽躡手躡足的隨著爬進你窗裏

4.又見逸竹

妳問我們曾經共築的夢想在那個年代完成？
我低頭不語　妳遲疑片刻後安靜的轉身離去
妳終於知道在浩瀚的宇宙
落土前　我們只是一片載浮載沉的落葉

後記：逸竹是我年輕時的筆名

5.葬

季節以蒼白餵養的紫色群花
在亙古的青空下
美如死亡的眼睛

語言文學類　截句詩系40　PG2322

放肆詩社截句選

作　　　者/於淑雯
責任編輯/鄭夏華
圖文排版/周妤靜
封面設計/蔡瑋筠

發　行　人/宋政坤
法律顧問/毛國樑　律師
出版發行/秀威資訊科技股份有限公司
　　　　　114台北市內湖區瑞光路76巷65號1樓
　　　　　電話：+886-2-2796-3638　傳真：+886-2-2796-1377
　　　　　http://www.showwe.com.tw
劃撥帳號/19563868　戶名：秀威資訊科技股份有限公司
　　　　　讀者服務信箱：service@showwe.com.tw
展售門市/國家書店（松江門市）
　　　　　104台北市中山區松江路209號1樓
　　　　　電話：+886-2-2518-0207　傳真：+886-2-2518-0778
網路訂購/秀威網路書店：https://store.showwe.tw
　　　　　國家網路書店：https://www.govbooks.com.tw

2019年12月　BOD一版
定價：390元
版權所有　翻印必究
本書如有缺頁、破損或裝訂錯誤，請寄回更換

國家圖書館出版品預行編目

放肆詩社截句選 / 於淑雯主編. -- 一版. -- 臺
　北市：秀威資訊科技, 2019.12
　　　面；　公分. -- (語言文學類)(截句詩系；
40)
　BOD版
　ISBN 978-986-326-751-5(平裝)

863.51　　　　　　　　　　　108018010

讀 者 回 函 卡

感謝您購買本書，為提升服務品質，請填妥以下資料，將讀者回函卡直接寄回或傳真本公司，收到您的寶貴意見後，我們會收藏記錄及檢討，謝謝！
如您需要了解本公司最新出版書目、購書優惠或企劃活動，歡迎您上網查詢或下載相關資料：http:// www.showwe.com.tw

您購買的書名：＿＿＿＿＿＿＿＿＿＿＿＿＿＿＿＿＿＿＿＿

出生日期：＿＿＿＿＿年＿＿＿＿＿月＿＿＿＿＿日

學歷：□高中 (含) 以下　□大專　□研究所 (含) 以上

職業：□製造業　□金融業　□資訊業　□軍警　□傳播業　□自由業
　　　□服務業　□公務員　□教職　□學生　□家管　□其它＿＿＿

購書地點：□網路書店　□實體書店　□書展　□郵購　□贈閱　□其他

您從何得知本書的消息？

　　□網路書店　□實體書店　□網路搜尋　□電子報　□書訊　□雜誌

　　□傳播媒體　□親友推薦　□網站推薦　□部落格　□其他＿＿＿＿＿

您對本書的評價：（請填代號　1.非常滿意　2.滿意　3.尚可　4.再改進）

　　封面設計＿＿　版面編排＿＿　內容＿＿　文／譯筆＿＿　價格＿＿

讀完書後您覺得：

　　□很有收穫　□有收穫　□收穫不多　□沒收穫

對我們的建議：＿＿＿＿＿＿＿＿＿＿＿＿＿＿＿＿＿＿＿＿

＿＿＿＿＿＿＿＿＿＿＿＿＿＿＿＿＿＿＿＿＿＿＿＿＿＿＿＿＿＿

＿＿＿＿＿＿＿＿＿＿＿＿＿＿＿＿＿＿＿＿＿＿＿＿＿＿＿＿＿＿

11466
台北市內湖區瑞光路 76 巷 65 號 1 樓
秀威資訊科技股份有限公司　　　收
BOD 數位出版事業部

⋯⋯

（請沿線對折寄回，謝謝！）

姓　　名：＿＿＿＿＿＿＿＿＿＿　年齡：＿＿＿＿＿　性別：□女　□男

郵遞區號：□□□□□

地　　址：＿＿＿＿＿＿＿＿＿＿＿＿＿＿＿＿＿＿＿＿＿＿＿＿＿＿＿＿＿＿＿

聯絡電話：(日) ＿＿＿＿＿＿＿＿＿＿＿＿＿　(夜) ＿＿＿＿＿＿＿＿＿＿＿＿＿

E-mail：＿＿＿＿＿＿＿＿＿＿＿＿＿＿＿＿＿＿＿＿＿＿＿＿＿＿＿＿＿＿＿